EMILIO GAROFALO
ENTÃQ SE VERÃO

APRESENTAÇÃO DA COLEÇÃO

Este é um livro de meu projeto "Um ano de histórias". Há anos tenho encorajado cristãos a lerem e a produzirem histórias de ficção. O prazer de ler e escrever ficção é algo que está em meu peito desde a infância. Falo muito sobre o assunto num artigo disponível online chamado "Ler ficção é bom para pastor".[1] Nele, conto um pouco de minha história como leitor, bem como argumento acerca da importância de cristãos consumirem boa ficção.

É claro, para que haja boa ficção, alguém tem de escrevê-la. Tenho desafiado várias

---

[1] *Disponível em: http://monergismo.com/novo/livros/ ler-ficcao-e-bom-para-pastor/*

pessoas a tentar a mão na escrita e, para minha alegria, alguns têm aceitado e produzido material de ótima qualidade. E aqui estou também, dando o texto e a cara a tapa. Este projeto é minha tentativa de contribuir com boas histórias. O desafio seria trazer ao público um ano inteirinho de histórias, lançando ao menos uma por mês ao longo do ano de 2021. No final das contas, são 14 livros. Há, é claro, muitas outras histórias ainda por desenvolver, sementes por regar.

As histórias do projeto podem ser lidas em qualquer ordem. Vale notar, entretanto, que embora não haja uma sequência necessária de leituras, elas se passam no mesmo universo literário. Não será incomum encontrar referências e mesmo personagens de um livro em outro. De qualquer forma, deixo aqui minha sugestão de leitura para você, caro leitor, que está prestes a se aventurar nesse um ano de histórias:

> Então se verão
> O peso das coisas
> Enquanto houver batalhas
> Lá onde o coração faz a curva
> A hora de parar de chorar
> Soblenatuxisto
> Voando para Leste
> Vulcão pura lava
> O que se passou na montanha
> Esfirras de outro mundo
> Aquilo que paira no ar
> Frankencity
> Sem nem se despedir e outras histórias
> Pode ser que eu morra hoje

Tentei ainda me aventurar por diversos gêneros literários. De romances de formação à literatura epistolar, passando por histórias de amor, *soft sci-fi*, fantasia e até reportagens. Ainda há muitos gêneros a serem explorados. Quem sabe em outro projeto. Se as histórias ficaram boas, só o leitor poderá dizer. De qualquer forma, agradeço imensamente pela sua disposição em lê-las.

ENTÃO SE VERÃO

O romance de formação é um gênero bem-estabelecido. É aquele tipo de história que traça o momento, ou a fase em que a vida muda, passando pela juventude rumo à idade adulta. É uma história que retrata o amadurecimento de uma pessoa ou, ao menos, de um aspecto de sua vida. Em *Então se verão*, estamos diante de um verão em que a vida pode mudar radicalmente, de um adolescente pronto para experimentar mais do mundo e de situações diversas nas quais o coração será testado e exposto diante de Deus. Não esqueça do filtro solar!

"**M**ais um show, Éder Caetano? Dessa vez em São Paulo?", perguntou minha mãe, quase exasperada. Não que nossa Uberlândia fosse muito longe de São Paulo. Era mais a ideia da metrópole que enervava um pouco Dona Tetê.

"É o *Guns*, mãe. Você sabe que é minha banda favorita."

"Vamos ver com seu pai." Era bem o que eu queria evitar.

A conversa não foi tão simples. Meu pai era crente, batista de três gerações. Minha mãe frequentava a igreja, mas não com muita assiduidade, não. Eu e meus irmãos mais

novos íamos quando dava vontade – o que, convenhamos, era quase nunca. Papai tentava nos levar, mas mamãe resistia, e a gente se arvorava nela.

Mamãe sabia que papai podia não gostar muito dessa ideia de show de rock. Meu pai tinha bastante resistência a qualquer "música do mundo". Mas, para minha surpresa, ele pouco se opôs quanto ao *Guns* em si. Apenas queria saber sobre a segurança do evento. Prometi que faria um esquema bem planejadinho e muito seguro. Celebrei a aprovação para ir ao show com uma dancinha com guitarra aérea e dedilhado imitando o Slash.

O verão de 1992/93 vinha chegando, e as possibilidades eram muitas. Prometia ser o melhor verão de todos os tempos. Estava tudo alinhado. Com a permissão para incluir o show no plano, eu estava plenamente certo de que nunca mais seria tão feliz. Eu tinha terminado o Ensino Fundamental e sabia que o Ensino Médio — que na época ainda se chamava "Segundo Grau" — seria muito mais difícil. Tinha expectativas. Não tanto acadêmicas, mas românticas. Andava louco para arrumar uma namorada. Eu, Éder Caetano Torninho Torquato, era o único dos primos e um dos poucos da classe que nunca havia namorado. Isso me incomodava mais do que estava disposto a admitir.

Mas não só de anseios românticos eu vivia. O show do *Guns N' Roses* em São Paulo seria somente o começo. Eu já tinha ingressos para assistir à final do campeonato paulista de futebol, onde meu São Paulo enfrentaria o Palmeiras, que começava a reforçar seu time com o patrocínio milionário da Parmalat. A aprovação da ida ao jogo foi complicada pelo lado de minha mãe, que tinha muito medo de brigas de torcida organizada. Meu pai não via problema com "esporte do mundo", só com música mesmo. Meu pai, com medo do show; minha mãe, com medo do jogo: um acalmando o outro em meu favor. No final, tudo foi aprovado.

Então estava tudinho esquematizado. Iria de ônibus até São Paulo e ficaria na casa de meu avô materno. Lá teria tempo para tudo o que meu coração queria. Passeios diversos, show do *Guns*, assistir pela televisão à final do mundial interclubes entre São Paulo e Barcelona e, depois, presencialmente, São Paulo x Palmeiras pelo Paulistão. Ainda tinha descida ao Guarujá, volta a Uberlândia para o acampamento da juventude da igreja e, enfim, após o Carnaval, começar o esperado primeiro ano do Segundo Grau. A sensação naqueles dias era de que viveria três anos em três meses. Como se a vida estivesse prenhe de aventuras a viver.

Não foi fácil arrumar alguém para ir comigo ao *Guns*, condição que meu pai exigiu.

Nenhum dos primos que moravam na cidade se animou. Nenhum amigo de Minas quis ir. Por fim, um colega de trabalho do meu avô marcou com o filho dele para ir comigo. Eu não conhecia o rapaz e, a meu ver, estava habilitado para ir sozinho, sem dificuldades. Meus pais discordavam. Três da tarde encontrei o Magno na frente do metrô na Praça da República. Fomos então de táxi até o local. O Magno era maior de idade já, 19 anos – e aparentava ter bem mais. Estava me tratando bem e parecia um cara bacana, mas tinha marcado com uns amigos dele na frente do Anhembi. Chegamos e encontramos a turma dele. Disseram que não iam entrar ainda; estava cedo e queriam beber lá fora, pois seria muito mais barato do que dentro. Eu, que não estava nem aí para isso, só queria mesmo era ver o show e ficar bem na frente. Assim, me separei do grupo e entrei sozinho. "Depois encontro todo mundo", pensei.

Eu acho que ainda não tinha total noção dos riscos envolvidos. Já havia ido a alguns shows em Uberaba, em Araguari e na minha Uberlândia, inclusive shows de rock, e tinha sido tudo tranquilo. Sempre fui alto e magricelão, então facilmente passava por uns 16 ou 17, mesmo tendo só 14, quase 15. Eu não era ingênuo, inocentão e bobo, não. Reconhecia o cheiro de maconha e já tinha bebido umas cervejas com a turma da escola. O pastor Azarias, da igreja de meu pai, sempre falava sobre os riscos dos vícios e de tudo que vem com eles. Não tinha beijado ninguém ainda, mas mais por incompetência mesmo do que por qualquer tipo de convicção. Inclusive, uns meses antes eu havia ido a um show de uma banda cover do *Guns* em Uberaba e fui lento demais para me ligar que uma menina estava interessada em mim. Enfim, soube depois. Foi um misto de decepção e alívio, pois do mesmo jeito que eu queria ficar, estava aprendendo na igreja sobre isso tudo, e a visão do pastor não era nada dúbia a respeito de ficar.

No show aconteceram várias brigas. Nenhuma perto de mim. Só depois, vendo o noticiário, é que fiquei sabendo. Vivi alguns momentos muito bacanas, dos quais não esquecerei jamais. A apresentação começou com *Welcome to the jungle*, e a galera pulou muito enquanto o Axl girava pelo palco dando aqueles urros. Eu estava torcendo para eles tocarem algumas músicas específicas. As que para mim não podiam faltar de jeito nenhum eram: *Sweet Child o´Mine*, *Patience*, *You could be mine*, *Paradise City* e *November Rain*. Tocaram todas. Fiquei rouco e feliz. Foi bem estranho quando, do nada, o Axl interrompeu o show e saíram todos do palco. Ficou todo mundo lá um tempão esperando que eles voltassem, mas não voltaram. Fui para a entrada do local do show e fiquei uma meia hora procurando o Magno, que combinou de nos reunirmos ali caso a gente não se encontrasse dentro do show. Com a multidão diminuindo e o ambiente esvaziando demais, achei melhor seguir sozinho mesmo. Andei por uns 30 minutos e peguei um táxi para a casa do meu avô no Alto da Lapa. Já era bem tarde quando cheguei.

Meu avô não estava preocupado, não. É desses homens que se virou desde pequeno e sempre achou que faria bem para todo homem começar logo cedo a se virar sozinho por aí e resolver suas encrencas. Foi de Uberlândia para São Paulo trabalhar e sempre levou consigo as marcas de uma vida bem-vivida e, ao mesmo tempo, frugal e simples. Eu tinha o número da casa dele e qualquer coisa poderia ligar de um orelhão, e ele me ajudaria, é claro. Ficou, entretanto, bem orgulhoso de eu ter entrado no show mesmo sozinho e dado um jeito de chegar em casa.

Eu estava, entretanto, bem preocupado com o fato de ter voltado sozinho. Sabia que ter alguém junto era a condição que meu pai havia exigido. Falei disso para meu avô. Ele sorriu daquele jeitinho conspiratório que avô sabe fazer:

"Calma. Sei bem como seu pai pensa. Conheço meu genro. Ele não precisa saber."

Fiquei aliviado, e, ao mesmo tempo, incomodado. Não gostava de esconder as coisas. Fiquei pensando se o melhor seria explicar a situação toda, ele haveria de entender. Logo, entretanto, esqueci do assunto, pois vovô já me puxou para o sofá, ligando a televisão.

"Vai contando mais do show. E vamos ligar a televisão, que o nosso São Paulo já deve estar em campo."

Naquela mesma noite seria a final do mundial interclubes. O jogo era em Tóquio, e o fuso fez com que começasse bem tarde no nosso horário. O São Paulo, treinado pelo Telê Santana, e com craques como Raí, Muller e Cafu, enfrentaria o Barcelona de Cruyff, Guardiola, Stoichkov e Koeman. Eu estava com muito sono e cansado do show; adormeci no gol dos catalães. Acordei assustado com o grito do vô quando Raí empatou, e não mais cochilei. O gol de falta de Raí no segundo tempo nos fez jogar pipoca pela sala toda e acordar a vovó, que veio bem risonha ver o que os meninos estavam aprontando. Foi muito gostoso ver o tricolor pintando o mundo de vermelho, preto e branco com seu futebol-arte. No dia seguinte, os jornalistas esportivos exaltaram muito o treinador, dizendo que finalmente o Telê tinha vencido o seu mundial. Foi muito bom. Isso só fez aumentar a ansiedade pela final do Paulistão.

O São Paulo tinha vencido o primeiro jogo da final contra o Palmeiras, e então viajou para o Japão para o mundial. O jogo de volta, que seria o decisivo, foi no Morumbi. O primeiro jogo do São Paulo como campeão do mundo. O estádio estava superlotado para o jogo. Superlotado no nível irresponsabilidade dos organizadores. Naquela época, o Paulistão era muito valorizado. Comemoramos muito mais um título, com Muller e Cerezo fazendo nossos gols na vitória de 2x1. Ao final do jogo, uma chuva colossal. São-paulinos pulando e comemorando a vitória, encharcados de um misto de chuva, cerveja atirada para o alto, lágrimas e suor. A Santana Quantum do vô atolou no lamaçal que virou o estacionamento, e um grupo de torcedores a empurrou com alegria enquanto cantava o hino do São Paulo. Fomos para casa felizes da vida. Espirrando e lembrando do jogo.

E assim foi dezembro, e assim foi janeiro. Uma belezura. Natal, Ano-Novo e uns dias no Guarujá na casa de um primo. Muito filme, futebol na televisão (Taça São Paulo de Futebol Júnior), raspadinha de groselha e jacaré na praia da Enseada. Meu avô me ensinou a dirigir numa ruazinha bem vazia do Guarujá. Peguei gosto facilmente e comecei a viver mais intensamente a agonia de todo rapaz para chegar logo aos 18 anos e tirar carteira de motorista.

Falando em agonia, tem uma que não me largava. A vontade de namorar. Confesso que não era vontade de namorar uma pessoa específica; era só namorar e pronto. Eu sei, não precisa dizer, é meio idiótico pensar assim. Em São Paulo, cometi umas tentativas ridículas de paquera com uma garota do prédio dos meus avós. Sério, foi patético. Fernanda era o nome da morena. Eu achando que ela estava interessada e tudo o mais, sendo que ela só fazia me cumprimentar quando nos cruzávamos no elevador. Ela morava no mesmo andar dos meus avós. Teve uma tarde em que eu fiquei meio que de butuca pela porta: quando ouvia o elevador, espiava pelo olho mágico para ver se era ela; em caso positivo, eu abria a porta e fingia estar de saída, para tentar engatar algum papo ali no *hall*. Uma tarde? Está bem, admito: quase uma semana inteira. Acho que ela percebeu e, embora fosse sempre simpática, eu com certeza fiquei bem iludido. Fiquei nesse esforço patético, até que um dia a vi entrar num carro e beijar um homem bem mais velho. Sei lá, já devia ter mais de 18. Patético. Mil vezes patético.

Ah, sim, é importante dizer que nesse tempo todinho não fui a nenhum culto. Zero participação em qualquer culto de qualquer igreja. Esse foi o saldo do verão nesses termos. Não que eu não gostasse ou achasse

sem importância a adoração. É que nem sequer me ocorreu que, durante as férias, pudesse ser bom procurar uma igreja, muito menos que eu tivesse qualquer obrigação nesse sentido.

De volta a Uberlândia, me preparei para o ato final das férias: o acampamento da juventude da Igreja Batista de Santa Mônica. Eu sei que alguns achavam engraçado uma igreja evangélica ter o nome de uma santa, mas era o bairro onde ficava a igreja. Pertinho do famoso Parque do Sabiá. Aliás, muito depois soube que essa era a mãe de um teólogo muito importante chamado Agostinho.

Era a primeira vez que eu participava de um acampamento de Carnaval da mocidade da igreja. Hormônios a mil. Moças bem bonitas no retiro, a maioria da igreja mesmo, mas algumas visitantes. Fomos para a chácara da igreja, Recanto Siloé, onde sempre aconteciam os acampamentos e retiros.

Ficava na estrada para Araguari. Eu, simpático, bonito (pelo que minhas primas diziam) e horrivelmente tímido.

A rotina do retiro era cansativa, mas bastante divertida. Acordávamos bem cedo, com o pessoal da equipe vindo bater panela na frente dos quartos por volta das 6h30 da manhã. Considerando que houvera bagunça até de madrugada (gincanas, serenatas, conversas), era pedreira levantar nesse horário. Eu já achava cedo, e ficava impressionado ao ver que alguém tinha levantado já bem mais cedo para ir comprar pão em Araguari. A programação da manhã era bem intensa. Depois do café, tinha um período de cânticos, uma pregação e depois oficinas. Aí vinha o almoço, e a parte da tarde era mais ou menos livre. Tinha esportes organizados e gincana para quem quisesse. Eu ficava por ali, tentando me entrosar, mas não conhecia quase ninguém. Eu era frequente nos cultos da igreja – quer dizer, quase frequente. Mas no grupo de jovens eu nunca ia.

Chegamos ao retiro na sexta à noite; muita chuva e lamaçal no trajeto. Fiquei lembrando do jogo no Morumbi. Dormimos logo e no primeiro dia pela manhã fiquei bem solitário, mas felizmente isso mudou já na primeira tarde. Tinha um grupo de rapazes com quem joguei bola após o almoço e, de noite, já estava participando das brincadeiras da social. Percebi que era uma ótima forma também de conversar com as meninas, ainda que só rapidamente.

No segundo dia já estava bem mais à vontade. Mal ouvia, entretanto, o que o pastor convidado pregava, tal era o meu interesse numa moça chamada Verônica. Sentava no culto de um jeito estrategicamente posicionado para ficar de olho nela e sonhando. Ela era a única garota da igreja que usava cabelo curtinho, e eu achava lindo demais.

Eu era capaz de voltar do Anhembi sozinho para casa de noitão, mas puxar papo com a Veroniquinha era mais do que eu dava conta. Estava ficando nisso mesmo, admiração distante.

Como falei, no segundo dia de acampamento (sábado), eu estava bem mais solto. Um tipo de alegria contente que ultrapassava até mesmo os melhores momentos lá no *Guns* e me lembrava a sensação solta de pegar um bom jacaré numa onda forte. O coração parecia encontrar um tipo de descanso. Estava fazendo amigos e conversando com bastante gente. Estava muito feliz de ter topado ir ao acampamento, como meu pai insistira.

Isso mudou perto da hora de dormir. Entrei no quarto depois de escovar os dentes lá no banheirão masculino, apelidado de "Toca do Tatu" (não me pergunte o *porquê*). Ao entrar, senti algo estranho. Sabe quando você chega a um lugar e sente uma coisa fora do eixo no clima? Um rapaz de uns 17 anos, maior e mais forte, fechou a porta atrás de mim. Os outros quatro ou cinco acampantes do meu quarto levantaram das suas camas com um sorrisinho estranho. O mais velho deles me falou: "Éder, é muito bom você estar aqui com a gente, mas novato tem que passar por uma iniciação para ser querido. Fica tranquilo e não reage; assim você vai ser da galera". Meu coração acelerou rápido e, mesmo sem entender, virei trombando com o rapaz da porta, que rapidamente segurou minhas mãos. Outros dois correram e ajudaram a segurar, rindo muito, muito mesmo. Um rapidamente pôs a mão por detrás do meu short e puxou minha cueca para cima. Com muita força, até rasgá-la. Era o temido "sussu". Não me pergunte a origem do nome dessa brincadeira. Sei que essa tradição malvada de rasgar uma cueca de cada novato já acontecia há alguns acampamentos. Depois que fizeram o que queriam, riram, me deram uns tapas amistosos nas costas e disseram que eu era bem-vindo. Fui deitar e chorei de raiva e vergonha no escuro. Queria ir embora. Sabia que o único jeito de voltar seria se meus pais fossem me buscar, e, para falar com eles, só pedindo ao pastor Azarias para usar o telefone da casinha pastoral onde ele ficava.

Eu ia fazer isso na manhã seguinte, quando o "equipante"[7] do meu quarto me chamou logo cedo para um papo. O Jota Júnior (ele era filho do Jota, diácono da igreja, e todo mundo falava que o Jota Júnior estava querendo ser pastor) estava legitimamente interessado em minha vida e meus sentimentos com aquilo tudo. Na noite anterior, ele chegou tarde, eu já estava dormindo. Logo cedo ele me abordou discretamente para conversar. Pegamos o pão e o café com leite e fomos sentar meio longe do pessoal. Chegamos até a perder o período de cânticos da programação. Papeamos à beça. Ele me prometeu que daria uma bronca generalizada, que faria o pessoal pedir perdão, o que eles fizeram, mais ou menos. Duas coisas em particular ficaram na minha mente: a primeira foi ele me pedir perdão. Disse que ele era o responsável pelo quarto e que, num momento em que estava fora participando de uma reunião de equipe, aquilo aconteceu. Ele se sentia responsável e me pediu perdão. De fato o Jota Júnior abominava aquelas brincadeiras. A segunda coisa que ficou na minha mente foi quando ele disse: "Éder, a gente, no final das contas, precisa decidir como quer viver. Injustiça e maldade têm em toda cidade e em todo lugar. Jesus mesmo teve de lidar com isso. O que nos define não é quanto mal fizeram contra nós, mas o que fazemos com o mal que recebemos".

Decidi ficar e tentar por mais um dia. Desconfiado com a turma do quarto, é claro, e eles me olhando torto. Eu sabia que tinham levado uma bronca do pastor Azarias e do Jota. Ofereceram-me mudar de quarto e eu aceitei. Tinha uns duzentos acampantes, e a área da chácara era bem grande, então não via aqueles quatro ou cinco rapazes o tempo todo, mas via. Um deles jogou contra mim no futsal e talvez eu tenha ajudado o tornozelo dele a virar num certo momento, mas talvez tenha sido só ele pisando na bola mesmo. Não sei, Deus o sabe.

A tristeza e a ira foram dando lugar a outros sentimentos. Veroniquinha seguia me encantando. As músicas tomavam cada vez mais parte de minha mente no louvor. Eu já conhecia diversos dos corinhos que a equipe de louvor repetia a cada culto. "Celebrai com júbilo ao Senhor", "Jeová é o teu cavaleiro", "Ele é o leão da tribo de Judá" e "Mas os que esperam no Senhor" – acho que todo mundo conhece. Tocavam na igreja também. Acho que pouca gente lá sabia direito o que é ser o leão da tribo de Judá, mas olha, o coração flutuava cantando aquilo. Naquele ano aprendemos diversos novos corinhos, uns bem bons de coreografia, outros mais ou menos.

Numa das noites, e foi bem gostoso aquilo, cantamos alguns corinhos de uma geração anterior, com uma equipe dirigida pelo pastor Azarias e os conselheiros da mocidade. O que mais me impressionou foi um chamado "Então se verá", que fala da volta de Jesus. Aquilo não me saía da cabeça quando fui dormir. De manhã, após o culto, pedi para conversar com o meu amigo Jota Júnior de novo e ele me explicou sobre a volta de Cristo, ao menos como ele a entendia. Parecia muito complexo e até mesmo um pouco fantasioso em algumas partes. Ele andava bem preocupado com um governo mundial e coisas assim. Entretanto, o que ficou marcado para mim foi algo muito simples: Jesus vence no final.

A tarde foi ótima. Torneio de futsal, seguido de torneio de cabo de guerra e então banho para o culto da noite. Colei no Jota, e de fato foi bem legal me sentir cuidado por alguém mais velho que era querido por todos. O Jota me incluía nas conversas, sem me expor. De noite, mais uma pregação do pastor convidado para o evento, um cara bem novo que tinha vindo de São José dos Campos, ou São José do Rio Preto, não lembro bem. O melhor veio depois. Mais uma noite de brincadeiras de roda, no momento da social. O pessoal da equipe se esmerou mesmo nas brincadeiras novas, mas o povo gostava mesmo é das antigas, como "Pegou fogo no asilo". Brincadeira fácil de aprender, que gera muito agito e diversão e que ainda por cima dá umas oportunidades de segurar umas mãos aqui e acolá. Eu sei, ridículo.

Aliás, ainda sobre esse assunto, teve um jantar de gala no domingo à noite, e a ideia era convidar alguém para ir de parzinho no tal jantar. A tarde daquele dia de acampamento girou todinha em torno disso, do burburinho sobre quem iria com quem. Amigos intercedendo junto a garotas em favor dos seus, moças dando pistas de quem queriam que as convidasse. Eu fui com a Marcela, que meio que sobrou, assim como eu sobrei. Ela era legal, mas eu fiquei o jantar todo meio para baixo olhando a Veroniquinha papear com o par dela, que, claro, era um dos rapazes que tinham me segurado no quarto para o tal "sussu". Sal na ferida, como se diz por aí. Sentia tanta pena de mim mesmo que não me sobrou pena para sentir da Marcela, que estava ali na minha frente tendo de lidar com um par totalmente alheio.

Na segunda-feira à noite, teve um show de talentos depois do culto. E depois uma serenata. Calma, vamos devagar. O show de talentos foi muito engraçado. O pessoal bolou esquetes engraçadíssimas. O pastor Azarias se prestava a todo tipo de papel divertido e rimos demais. O show de talentos durou um tanto além do que devia, e ainda precisava haver a tal serenata.

A rapaziada havia se reunido para escolher o repertório e ensaiar no intervalo para o banho. Como a gente resolvia o banho em menos de meia hora (as moças precisavam das duas horas completas e ainda se atrasavam), sobrava tempo para muita coisa. O repertório incluía *É o amor*, de Zezé di Camargo & Luciano; *Bem-te-vi*, do Paulinho Pedra Azul; *More than words*, do Extreme (que ninguém sabia direito); umas duas da Legião Urbana e outras nessa linha. Começava com a gente cantando para elas abrirem a janela, que a serenata era para elas. Os equipantes estavam marcando em cima, para ninguém aprontar nada. Tinha uns caras querendo mesmo tentar encontrar-se escondidos com umas moças. Falharam. Algumas meninas aproveitaram para aparecer de camisola na janela, assim, como que por descuido, e, claro, a rapaziada vibrou. Eu cantei, em meu coração, para a Veroniquinha. Mas cantava mesmo era para o alto. Só extravasando e soltando a voz, deixando que por meio daquelas canções algo saísse do peito rumo ao céu estrelado.

Na última noite, houve um culto da fogueira. Eu já tinha participado de cultos assim em outras situações, mas dessa vez algo mexeu comigo de verdade. Confesso que agora, mais de 10 anos depois, não me lembro de qual era o texto bíblico que o pastor usou. Sei que chorei muito e entendi a salvação em Cristo. O pastor Azarias veio me dar um abraço e disse que mais para a frente a gente marcaria uma hora em seu gabinete, para ele me explicar mais sobre aquilo tudo e tirar minhas dúvidas. Deixou claro que estava muito feliz por ver que eu finalmente estava entendendo mais coisas sobre Jesus e a vida eterna. Meu coração sorria de um jeito que nem Raí, nem Axl, nem groselha e nem a Veroniquinha tinham poder para fazer.

Todo mundo foi dormir bem tarde. Depois da fogueira, um pessoal ficou com violão pertinho do fogo. Outros foram para o salão, para as brincadeiras. Alguns poucos foram dormir. Na manhã seguinte não teria programação, então todo mundo estava liberado para brincar, dormir ou fazer o que quisesse. Claro, o pessoal da equipe estava de olho. Eu fiquei revezando entre os grupos diversos, perto do Jota, circulando a Veroniquinha, rindo com a turma. Estava tendo "correio elegante", então mandei para ela uma mensagem anônima. Ela achou que tinha sido do Henrique. Devo ter ido dormir por volta das três da manhã e acordei só com a confusão generalizada, por volta de 9h30.

"O para-raios deveria ter resolvido", disse o pastor Azarias entre lágrimas para o policial militar. Ele repetia isso para si mesmo, para quem estivesse perto, para todo mundo. Foi na última manhã de retiro. Não haveria programação, só tempo livre para diversão e boa parte da turma foi para a piscina. A chuva veio rapidamente, e com muito trovão. Um ou dois equipantes fizeram um meio-esforço para tirar o pessoal da piscina. Nessa hora, pouca gente quer se indispor com o grupo. Ainda mais com todo mundo tão cansado.

"Ainda está longe!", disse um rapaz. "Se diminuir muito o intervalo entre a luz e o som, a gente sai", explicava a Marcela bem na hora do estrondo impossivelmente forte. Quatro rapazes e uma moça. Fulminados dentro da água. Uma tragédia que saiu em jornal nacional e muitos periódicos país afora. Alguém disse que até na Argentina saiu na televisão.

Tem situações em que a gente fica com medo de ser firme, seja por sermos moles ou mesmo só por não querermos desagradar. Várias delas acabam sendo inconsequentes. Mas essa não foi, não. Era hora de alguém ter sido firme. De alguém ter falado algo e decidido pelos outros. De alguém ter assumido a fama de chato e intransigente e salvado cinco vidas.

Claro que o acampamento terminou em enorme confusão. Ambulâncias chegaram, muitos pais correram para a chácara e o evento ficou marcado para sempre.

Alguém precisava pagar, alguém precisava ser responsabilizado, ao menos aos olhos da igreja. A assembleia reuniu-se dez dias depois do evento. Uma não tão pequena discussão, e na votação decidiu-se por mandar embora o pastor Azarias. Mesmo depois de 15 anos de serviço à igreja. As vozes mais iradas queriam até mesmo culpá-lo criminalmente, embora as autoridades competentes não estivessem sequer pensando nisso. A maior parte das pessoas hesitava em culpá-lo, mas não via clima para a sua permanência. As poucas vozes a favor do pastor não julgavam que o desgaste com os outros membros valeria a pena. Pastor Azarias se mudou completamente consternado e infeliz.

Faz 13 anos desde que isso tudo se passou. Lembrei hoje dessas coisas porque, coincidentemente, encontrei o Azarias numa viagem de férias em Fortaleza. Ele está trabalhando no comércio, é dono de uma pizzaria onde fui comer com meus familiares na Aldeota. Ele parece feliz. Não, não é mais pastor. Mencionou sem jeito algo sobre o peso das coisas. Ficou emocionado conversando conosco e lembrando da igreja em Uberlândia. Não parece magoado, não. Só pesaroso com o rumo que a vida tomou.

Como devo me lembrar daquela fase da vida? Daqueles dias em particular? A melhor ou a pior fase do ano? Como devo me referir àquele acampamento? Como o melhor tempo da minha vida, quando nasci de novo, ou como uma das grandes tragédias que vivi, com a morte daqueles colegas de mocidade? Muito confuso tudo isso. O que marca mais? A vergonha irada que passei no quarto ou a alegria doce diante da fogueira? O choque de terror absoluto na confusão de acordar com gritos apavorados? A frustração enciumada quanto à Veroniquinha ou a gargalhada plena no show de talentos? A vida seria mais simples de ser vivida se tudo não fosse assim tão misturado. Eu fico confuso quando penso naquilo tudo. O que foi o verão de 1992/1993? O melhor de todos os tempos? Vi minha banda favorita, meu time campeão *in loco* e ainda por cima entendi o plano de salvação. Ou foi um tempo para esquecer? Fui humilhado pela força do grupo, exposto em minha timidez e, o pior de tudo, marcado como todos os outros pela tragédia de ver gente com quem brincamos, louvamos e rimos morrer súbita e brutalmente. Vi um pastor sério ser tratado de um jeito que considero muito injusto. Meu coração encontrou um descanso que nem praia, nem música, nem namorada, nem mesmo futebol foram capazes de dar nesses anos todos.

Continuo gostando do *Guns*, que fique claro. E amo muito o São Paulo, apesar de a fase não estar muito boa. Esse treinador novo, Muricy Ramalho, talvez acerte o time. Veremos. Sobre o *Guns*, hoje me parece que ao cantarem sobre *Paradise City* eles estão mostrando para todo mundo que têm anseios que neste mundo jamais serão satisfeitos. São Paulo (não o tricolor, o apóstolo) insistia em dizer que, se a vida fosse só isso aqui mesmo, só nos restaria comer e beber e depois morrer. De relâmpago, de coração partido ou em briga de torcida. Felizmente nosso coração não encontra descanso aqui.

Hoje costumo trabalhar como equipante nos acampamentos da juventude. Sou um dos líderes dos jovens. Os familiares do pessoal que faleceu seguem na igreja. A história fica como uma sombra em cada novo acampamento. A Veroniquinha se casou e segue sendo linda (não, não foi comigo). Sim, já tive namoradas, mas atualmente não. Estou à procura daquela que será a última. Isso, entretanto, é secundário hoje. Estou aprendendo a viver contente e a servir em toda e qualquer situação, como falou Paulo.

Não sei. Talvez Deus tenha nos dado aquilo tudo junto como uma figura da própria vida. Confusa, bagunçada. Sempre tem bom no meio do ruim e ruim no meio do bom. Sempre tem um detalhe triste nas melhores lembranças, não é mesmo? Às vezes a vida é algo muito bom, mas no final você se vê um tanto assustado de madrugada andando sozinho pela maior cidade do país. Ou enlameado empurrando um carro com seu avô sem voz de tanto gritar "gol". A vida é a vontade de contar para o seu pai que você finalmente entendeu a fé dele ao ouvir uma mensagem diante do fogo, e ao mesmo tempo todos só quererem saber da tragédia que veio na tempestade.

E assim foi aquele verão. Fez-me querer o fim deste mundo aqui. Fez-me querer um novo. Uma *Paradise City* de verdade. E me fez querer viver bem e atento enquanto não chega o dia em que Ele volta, quando então se verão os irmãos de todas as épocas.

AGRADECIMENTOS

Agradeço a toda a equipe da Pilgrim e da Thomas Nelson Brasil: Leo Santiago, Samuel Coto, Guilherme Cordeiro, Guilherme Lorenzetti, Tércio Garofalo e muitos mais. À Ana Paula Nunes, que me deu a ideia de lançar um ano de histórias. Ao Anderson Junqueira pelo belíssimo projeto gráfico. À Ana Miriã Nunes pelas capas e ilustrações maravilhosas. Ao Leonardo Galdino, à Eliana e à Sara pelas revisões. À Anelise e Débora que por seu constante apoio fazem tudo ser mais fácil. Aos presbíteros e pastores da Igreja Presbiteriana Semear, por me apoiarem neste projeto.

Sempre há mais gente a agradecer do que a mente se lembra. Sempre um exercício prazeroso bem como doloroso.

Ao Fernando Pasquini, que me ajudou quanto aos bairros de Uberlândia. A todos os que foram comigo a shows, de *A-Ha* e *Guns N'Roses* a *Dream Theater*; de Marisa Monte e Oswaldo Montenegro a *Rolling Stones*. A todos os que foram comigo a estádios, desde o meu primeiro, na Rua Javari para ver Juventus x Guarani, até a Arena de Amsterdã e jogos da Copa de 2014. A todos os que foram comigo em acampamentos, que me ensinaram e que ombrearam comigo no serviço de equipe para a bênção do povo de Deus.

SOBRE O AUTOR

EMILIO GAROFALO NETO é pastor da Igreja Presbiteriana Semear, em Brasília (DF), e autor de *Isto é filtro solar: Eclesiastes e a vida debaixo do Sol* (Monergismo), *Redenção nos campos do Senhor: as boas-novas em Rute* (Monergismo), *Ester na casa da Pérsia: e a vida cristã no exílio secular* (Fiel), *Futebol é bom para o cristão: vestindo a camisa em honra a Deus* (Monergismo), além de numerosos artigos na área de teologia.

Emilio também é professor do Seminário Presbiteriano de Brasília e professor visitante em diversas instituições. Ele completou seu PhD no Reformed Theological Seminary, em Jackson (EUA), e também é mestre em teologia pelo Greenville Presbyterian Theological Seminary e graduado em Comunicação Social/Jornalismo pela Universidade de Brasília. Já frequentou muitos estádios, alguns shows e muitos acampamentos. Gostaria de ir em mais de tudo isso.

Pilgrim

OUÇA A SÉRIE *UM ANO DE HISTÓRIAS* NARRADA PELO PRÓPRIO AUTOR!

Na Pilgrim você encontra a série *Um ano de histórias* e mais de 7.000 **audiobooks**, **e-books**, **cursos**, **palestras**, **resumos** e **artigos** que vão equipar você na sua jornada cristã.

Comece aqui

Copyright © Emilio Garofalo Neto.
Os pontos de vista dessa obra são de responsabilidade
dos autores e colaboradores diretos, não refletindo
necessariamente a posição da Pilgrim Serviços e
Aplicações ou de sua equipe editorial.

Revisão
Leonardo Galdino
Eliana Moura Mattos
Sara Faustino Moura

Capa e ilustrações
Ana Miriã Nunes

Diagramação e projeto gráfico
Anderson Junqueira

Edição
Guilherme Lorenzetti
Guilherme Cordeiro Pires

Dados Internacionais de Catalogação na Publicação (CIP)

G223e Garofalo Neto, Emilio
1.ed.   Então se verão / Emilio Garofalo Neto.
     – 1.ed. – Rio de Janeiro: Thomas Nelson Brasil;
     The Pilgrim: São Paulo, 2021.
     64 p.; il.; 11 x 15 cm.

     ISBN : 978-65-5689-428-7

     1. Cristianismo. 2. Contos brasileiros.
    3. Ficção brasileira. 4. Teologia cristã. 5. Vida cristã.
10-2021/87   CDD B869.3

Índice para catálogo sistemático:
Ficção cristã : Literatura brasileira B869.3
Bibliotecária responsável: Aline Graziele Benitez CRB-1/3129

Todos os direitos reservados a
Pilgrim Serviços e Aplicações LTDA.
Alameda Santos, 1000, Andar 10, Sala 102-A
São Paulo — SP — CEP: 01418-100
www.thepilgrim.com.br

*Este livro foi impresso
pela Ipsis, em 2021, para a
HarperCollins Brasil.
O papel do miolo é pólen
bold 90g/m², e o da capa é
cartão 250g/m²*